TÂVUTATÈT

— TOME 1 —

Poursuivie !

scénario
CAROLE TRÉBOR

dessin
GABRIELE BAGNOLI
(ARANCIA STUDIO)

couleurs
LOWENAEL

VENTS D'OUEST

Couvent Sainte-Cécile
37 rue Servan - 38000 Grenoble

Dépôt légal : février 2021
ISBN : 978-2-7493-0944-6 / 001
Achevé d'imprimer en Belgique en janvier 2021 par Delabie S.A. - Lesaffre S.A. (Mouscron),
sur papier provenant de forêts gérées de manière durable.

PEFC PEFC/07-31-184 / pefc-france.org

La nuit où tout a changé, plus personne ne visitait le musée depuis longtemps...
Le jour, je n'avais plus personne à observer... Plus d'enfant à qui sourire, pile au moment où il se curait le nez !
Musée archéologique de Sépatou
À croire que les antiquités n'étaient plus à la mode... Même moi, je n'attirais plus le public.
Salle des sarcophages de la 18e Dynastie d'Égypte
C'était vexant.

Je n'en pouvais plus d'être enfermée dans cette salle. La ville que j'observais par la fenêtre évoluait au fil des décennies. Pas moi... Rien ne changeait dans ma vie...
Pour m'occuper, j'avais appris les alphabets anglais, français et néerlandais en lisant et relisant toutes les versions possibles des guides du musée.
Ma mère m'avait interdit de mettre un pied dehors. Et j'avais promis de lui obéir.
Les seuls êtres vivants que je fréquentais ces derniers temps étaient les rongeurs, qui se réfugiaient parfois au musée.
Vous l'avez deviné, j'habitais ici depuis des siècles...
Mais mon rêve était de partir...

Princesse Tâvutatèt, fille de la souveraine Hatchepsout.
La momie de la princesse Tâvutatèt a été retrouvée dans la Vallée des Rois par une archéologue, Carla H. Mitchell, en 1919. Elle a été déposée au musée en 1962, puis a été identifiée en 2007. La momie de sa mère, la pharaonne Hatchepsout, retrouvée en 1903, repose au musée du Caire. Les femmes n'ayant pas le droit de régner, Hatchepsout remplaçait lors des cérémonies sa robe et sa couronne par le costume masculin de la royauté : pagne court, némès et barbe postiche.
Heureusement, il y avait ma loutre. Je l'avais surnommée Képâbèt.
On s'amusait bien toutes les deux.
Képâbèt avait mauvais caractère, mais sans elle, qu'est-ce que je me serais ennuyée !

Képâbèt était le genre d'amie avec qui on partage tout.
La seule personne qui me rendait parfois visite, c'était maman. Elle venait un lundi par mois du musée du Caire, et vérifiait si j'allais bien.
Quand elle était pharaonne, ma mère jouait très bien de la harpe et moi, j'adorais danser.

TÂVUTATÈT, VIENS PAR LÀ !
MAMAN ! C'EST QUOI CETTE TENUE ET CETTE BARBICHETTE ? TON NOUVEAU COSTUME POUR CÉLÉBRER LA CRUE DU NIL ?
IL N'Y A PLUS DE CRUES SUR LE NIL DEPUIS DES DIZAINES D'ANNÉES, MA FILLE. C'EST MA TENUE DE COMBAT.
TU DOIS VENIR AVEC MOI TOUT DE SUITE.
TON MUSÉE VA FERMER DEMAIN. LES CONSERVATEURS DU MUSÉE DU CAIRE EN ONT PARLÉ. ILS SERONT BIENTÔT LÀ, ET S'ILS RÉALISENT QUE TU ES VIVANTE, ILS VONT TE...
ME QUOI ?...
TU ES EN GRAND DANGER !
EN DANGER ? MAIS POURQUOI ? AU CONTRAIRE ! LES CONSERVATEURS VONT PEUT-ÊTRE ME RAPATRIER AU MUSÉE DU CAIRE, PLUS PRÈS DE TOI !
NON, IL N'Y A PAS ASSEZ DE PLACE. ET JE SUIS MOI-MÊME MENACÉE, COMME TOUTES LES MOMIES QUI SE RÉVEILLENT. JE DOIS RESTER DISCRÈTE POUR POUVOIR PROTÉGER NOTRE LIGNÉE.
Ma mère inquiète ? J'avais du mal à y croire... Qui pouvait surpasser sa force ?...
... Elle, la première femme à avoir été couronnée pharaonne ? Elle, qui s'était fait passer pour un homme pour prendre le titre d'Horus, fils de Dieu ?... Elle, qui faisait le lien entre les hommes et les dieux ?
HÂTONS-NOUS MA FILLE ! JE T'EXPLIQUERAI EN CHEMIN.

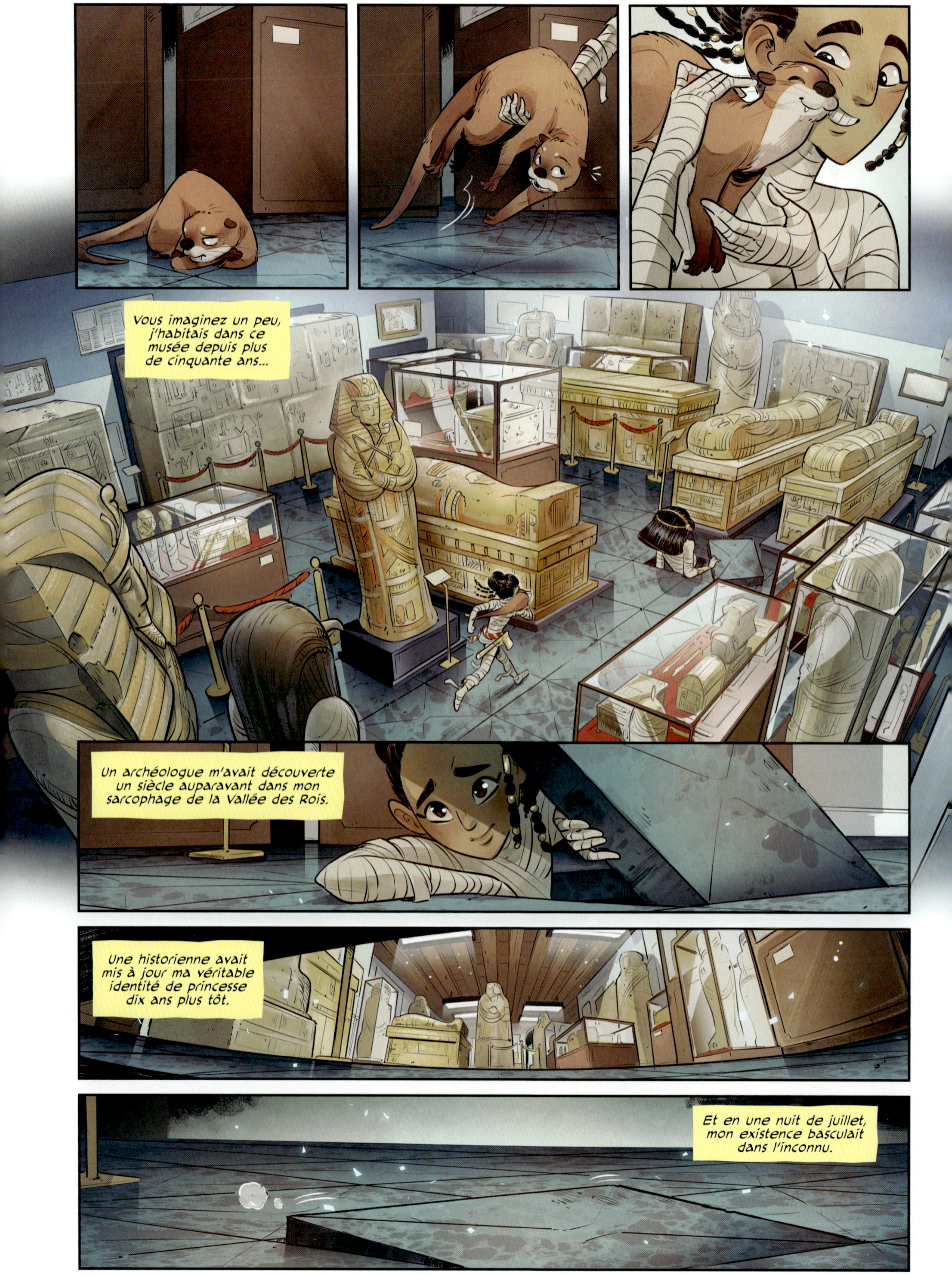
Vous imaginez un peu, j'habitais dans ce musée depuis plus de cinquante ans...
Un archéologue m'avait découverte un siècle auparavant dans mon sarcophage de la Vallée des Rois.
Une historienne avait mis à jour ma véritable identité de princesse dix ans plus tôt.
Et en une nuit de juillet, mon existence basculait dans l'inconnu.

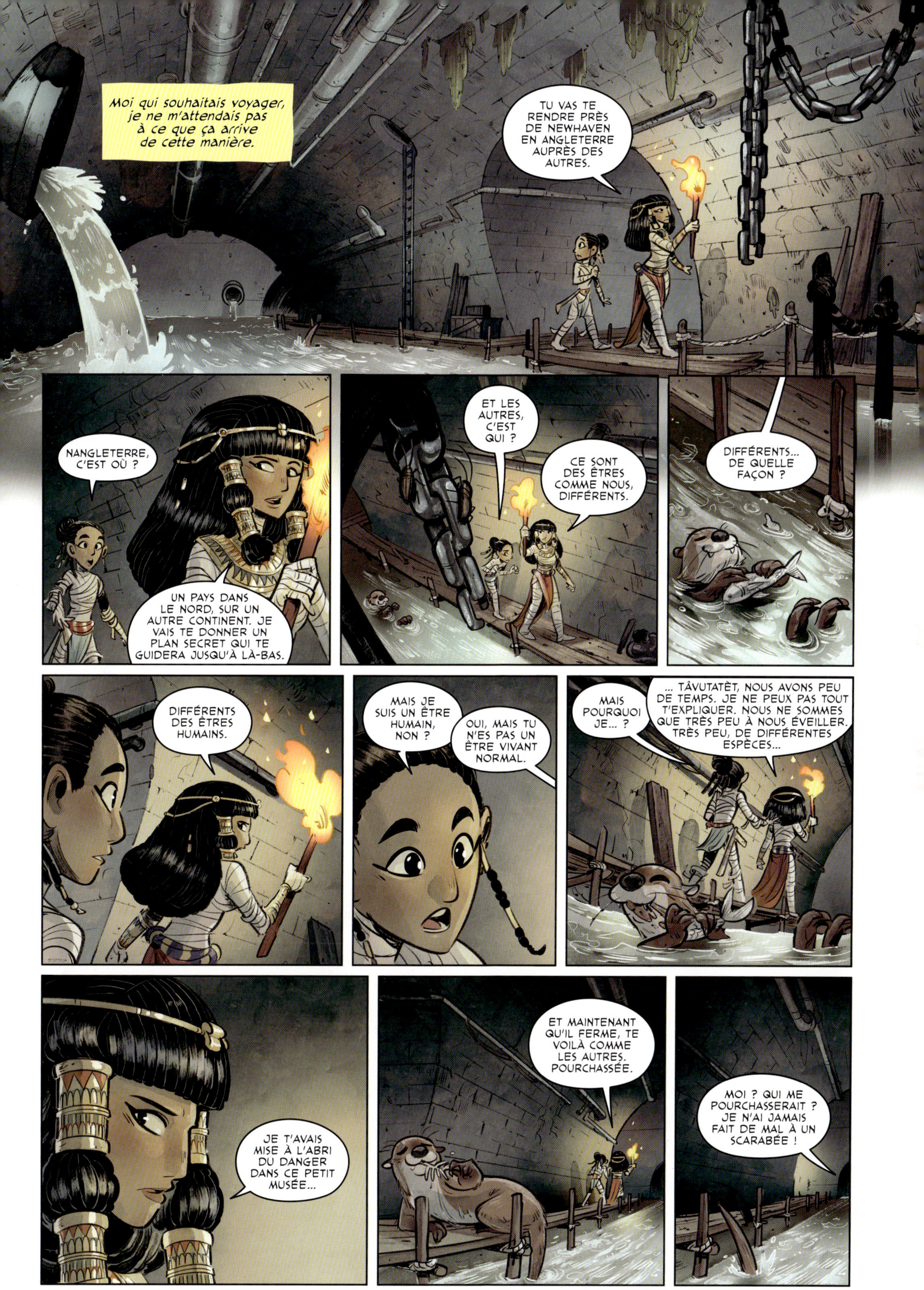

Moi qui souhaitais voyager, je ne m'attendais pas à ce que ça arrive de cette manière.
TU VAS TE RENDRE PRÈS DE NEWHAVEN EN ANGLETERRE AUPRÈS DES AUTRES.
NANGLETERRE, C'EST OÙ ?
UN PAYS DANS LE NORD, SUR UN AUTRE CONTINENT. JE VAIS TE DONNER UN PLAN SECRET QUI TE GUIDERA JUSQU'À LÀ-BAS.
ET LES AUTRES, C'EST QUI ?
CE SONT DES ÊTRES COMME NOUS, DIFFÉRENTS.
DIFFÉRENTS... DE QUELLE FAÇON ?
DIFFÉRENTS DES ÊTRES HUMAINS.
MAIS JE SUIS UN ÊTRE HUMAIN, NON ?
OUI, MAIS TU N'ES PAS UN ÊTRE VIVANT NORMAL.
MAIS POURQUOI JE... ?
... TÂVUTATÈT, NOUS AVONS PEU DE TEMPS. JE NE PEUX PAS TOUT T'EXPLIQUER. NOUS NE SOMMES QUE TRÈS PEU À NOUS ÉVEILLER. TRÈS PEU, DE DIFFÉRENTES ESPÈCES...
JE T'AVAIS MISE À L'ABRI DU DANGER DANS CE PETIT MUSÉE...
ET MAINTENANT QU'IL FERME, TE VOILÀ COMME LES AUTRES. POURCHASSÉE.
MOI ? QUI ME POURCHASSERAIT ? JE N'AI JAMAIS FAIT DE MAL À UN SCARABÉE !

QUAND TA DISPARITION VA ÊTRE ANNONCÉE, ILS SAURONT QUE TU ES EN VIE, ET IL NE FAUT PAS QU'ILS TE TROUVENT.
MAIS QUI ÇA, ILS ? LES CONSERVATEURS ?
LES MOWLAUSSES DU CLEF.
LES QUOI ? JE NE COMPRENDS RIEN.
ON EST ARRIVÉES.
Je n'avais jamais vu ma mère aussi sérieuse. Et sa gravité était contagieuse.
J'avais l'impression d'avoir un nœud à l'estomac (alors que je n'avais plus d'estomac depuis des siècles).
Pourtant, avec toutes les huiles, les onguents, la cire d'abeille et les produits dont m'avaient enduite les embaumeurs pendant les soixante-dix jours de ma momification, je n'aurais dû ressentir aucun malaise, ni aucune douleur.
VOILÀ LE PLAN. JE DOIS RENTRER AU MUSÉE DU CAIRE AVANT LE LEVER DU JOUR.
NOUS SOMMES LÀ, EN DESSOUS DU PORT DE SEPAFOU.
TU VAS TE DÉBROUILLER SEULE.

JE L'AI GARDÉ POUR TOI. IL EST TEMPS QUE TU LE PORTES.
J'AURAI DES NOUVELLES DE TOI, NE T'INQUIÈTE PAS, TÂVUTATÈT, J'AI DE NOMBREUX MESSAGERS.
MAMAN, ATTENDS ! QU'EST-CE QUE JE DOIS FAIRE ?
TU EMBARQUES DANS UN BATEAU DE TOURISME QUI PART VERS LE CAIRE. ET TU TE CACHES À L'INTÉRIEUR. UNE FOIS AU CAIRE, TU PRENDS UN AVION POUR L'ANGLETERRE.
NAVION ? C'EST QUOI ?
L'AVION. C'EST UN MOYEN DE DÉPLACEMENT MODERNE QUI VOLE DANS LES AIRS.
MON GRAND INGÉNIEUR AVAIT DÉJÀ PENSÉ À UN TEL OBJET, MAIS ON A MIS LA PRIORITÉ SUR MON LAC ARTIFICIEL ET SUR LES TEMPLES.
BREF... JE M'ÉGARE. ADAPTE-TOI POUR L'INSTANT. TU COMPRENDRAS PLUS TARD.
ET TOI, MAMAN ? TU NE RISQUES RIEN ?
POUR L'INSTANT, ILS NE SAVENT PAS QUE JE SUIS ÉVEILLÉE. JE SUIS DISCRÈTE. C'EST LE SEUL MOYEN DE LEUR ÉCHAPPER. ET C'EST POUR ÇA QUE JE SUIS ENCORE LIBRE AUJOURD'HUI.
MAIS S'ILS DÉCOUVRENT QUE TU... VIS ? ...
ALORS IL SERA TOUJOURS TEMPS D'AGIR. VA, MA FILLE. ON SE REVERRA BIENTÔT.
UN GRAND VOYAGE T'ATTEND.

Notre première étape était accomplie : on avait réussi à embarquer sur le bateau, direction Le Caire !
On avait une belle vue sur les bords du Nil. Mais on n'était pas logées dans une cabine de luxe...
GHOSTA VOYAGE

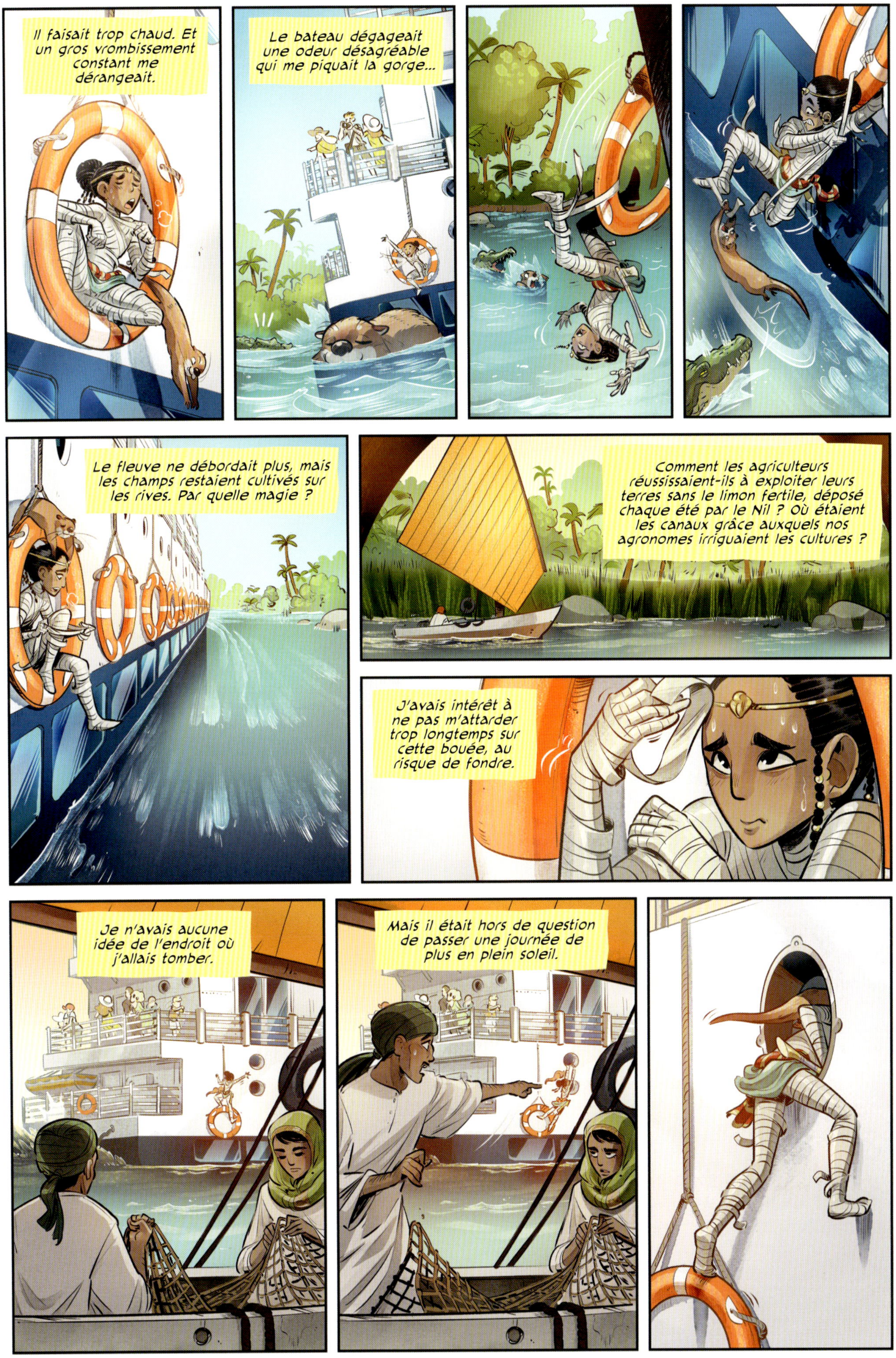
Il faisait trop chaud. Et un gros vrombissement constant me dérangeait.
Le bateau dégageait une odeur désagréable qui me piquait la gorge...
Le fleuve ne débordait plus, mais les champs restaient cultivés sur les rives. Par quelle magie ?
Comment les agriculteurs réussissaient-ils à exploiter leurs terres sans le limon fertile, déposé chaque été par le Nil ? Où étaient les canaux grâce auxquels nos agronomes irriguaient les cultures ?
J'avais intérêt à ne pas m'attarder trop longtemps sur cette bouée, au risque de fondre.
Je n'avais aucune idée de l'endroit où j'allais tomber.
Mais il était hors de question de passer une journée de plus en plein soleil.

JE T'AVAIS PRÉVENU. TU N'AURAIS PAS DÛ MANGER DE FRUITS, ANATOLE...
UN GROS RAT ! MAMAN ! AU SECOURS !
JE NE SUIS PAS UN RAT ET JE NE SUIS PAS GROSSE.
HENRIETTE ! C'EST TOI ? MA BIEN-AIMÉE !
NON, MOI, C'EST TÂVUTATÈT !
QUOI, MA TÊTE ? QU'EST-CE QU'ELLE A MA TÊTE ? JE NE TE PLAIS PLUS, MA CHÈRE HENRIETTE ?

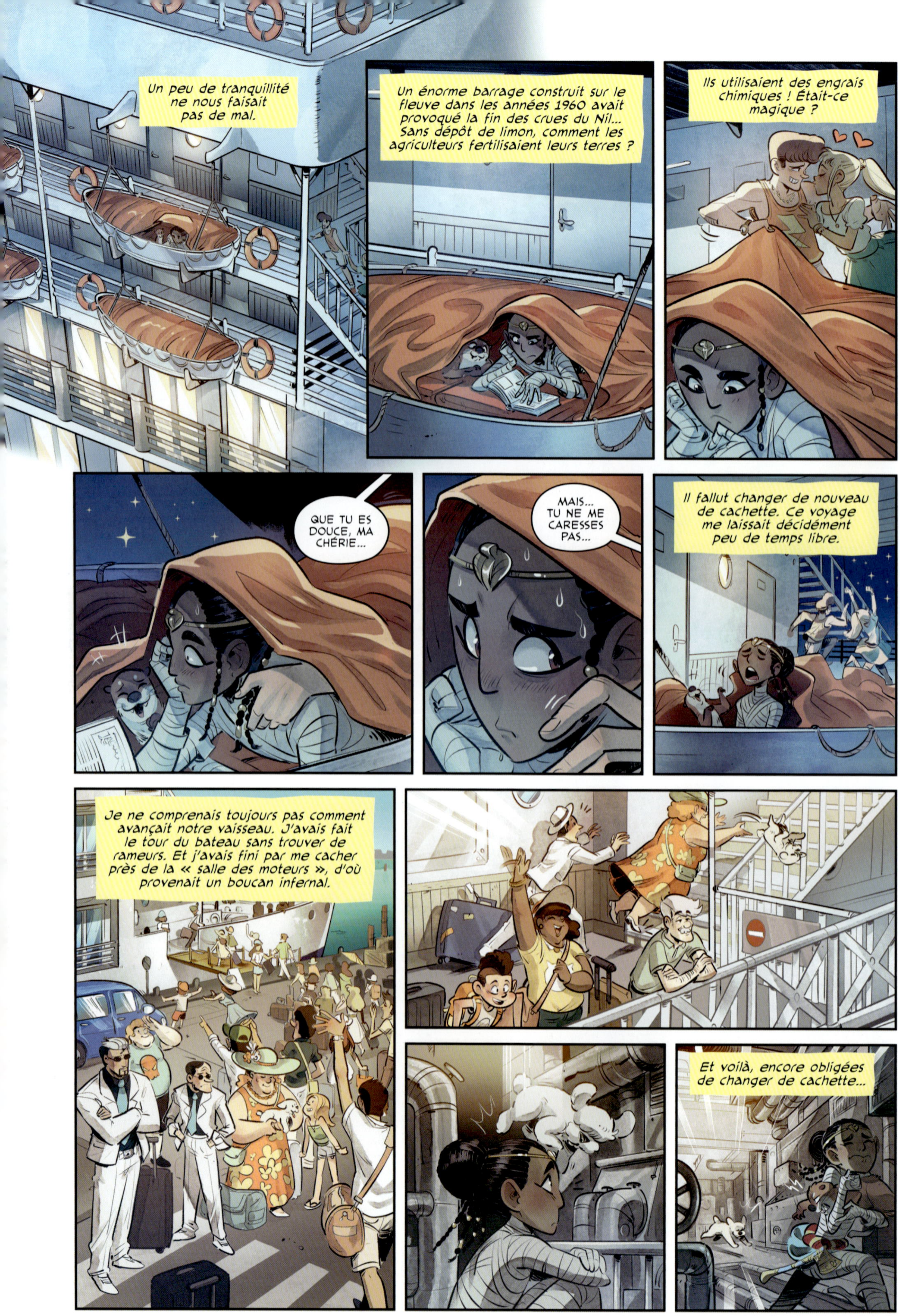

Un peu de tranquillité ne nous faisait pas de mal.
Un énorme barrage construit sur le fleuve dans les années 1960 avait provoqué la fin des crues du Nil... Sans dépôt de limon, comment les agriculteurs fertilisaient leurs terres ?
Ils utilisaient des engrais chimiques ! Était-ce magique ?
QUE TU ES DOUCE, MA CHÉRIE...
MAIS... TU NE ME CARESSES PAS...
Il fallut changer de nouveau de cachette. Ce voyage me laissait décidément peu de temps libre.
Je ne comprenais toujours pas comment avançait notre vaisseau. J'avais fait le tour du bateau sans trouver de rameurs. Et j'avais fini par me cacher près de la « salle des moteurs », d'où provenait un boucan infernal.
Et voilà, encore obligées de changer de cachette...

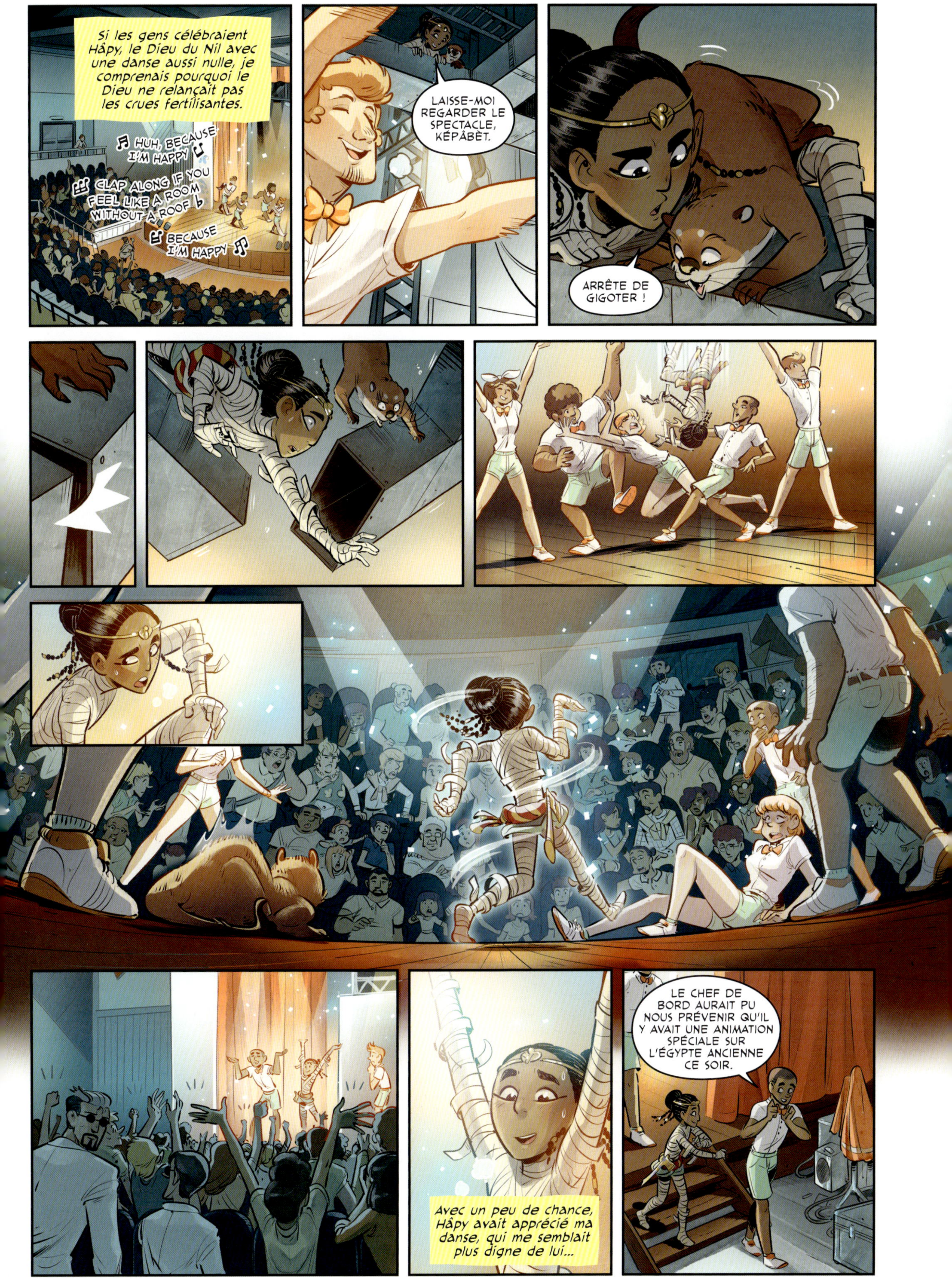
Si les gens célébraient Hâpy, le Dieu du Nil avec une danse aussi nulle, je comprenais pourquoi le Dieu ne relançait pas les crues fertilisantes.
HUH, BECAUSE I'M HAPPY
CLAP ALONG IF YOU FEEL LIKE A ROOM WITHOUT A ROOF
BECAUSE I'M HAPPY
LAISSE-MOI REGARDER LE SPECTACLE, KÉPÂBÈT.
ARRÊTE DE GIGOTER !
LE CHEF DE BORD AURAIT PU NOUS PRÉVENIR QU'IL Y AVAIT UNE ANIMATION SPÉCIALE SUR L'ÉGYPTE ANCIENNE CE SOIR.
Avec un peu de chance, Hâpy avait apprécié ma danse, qui me semblait plus digne de lui...

MATHILDE, REVIENS PAR LÀ ! N'EMBÊTE PAS LA DAME !
MATHILDE, VIENS LÀ, JE TE DIS !
QU'EST-CE QUE TU FAIS LÀ, TOI ? JE NE T'AVAIS PAS ENCORE COMPTÉE DANS LE GROUPE.
IL EST TROP BIEN, TON DÉGUISEMENT ! COMMENT TU T'APPELLES ?
TÂVUTATÈT !
QU'EST-CE QU'ELLE A MA TÊTE ?

LA FILLE LÀ-BAS, ELLE M'A PARLÉ MÉCHAMMENT. POURTANT, IL ÉTAIT TROP BIEN, SON DÉGUISEMENT DE MOMIE.
ELLE EST OÙ CETTE VILAINE FILLE DÉGUISÉE EN MOMIE ?
PROIE REPÉRÉE, JE RÉPÈTE PROIE REPÉRÉE.
ARGHHH ! SALE BESTIOLE !

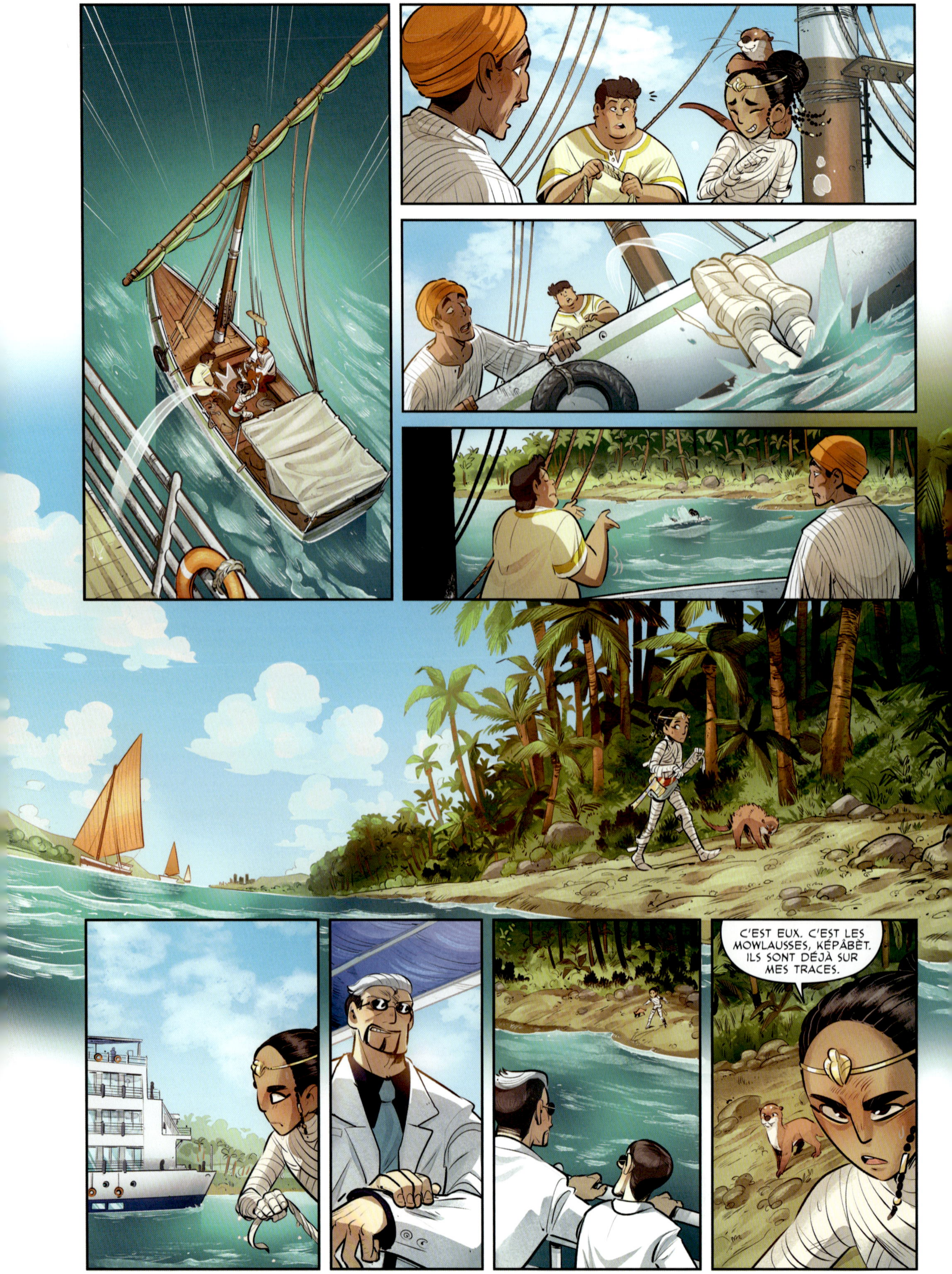
C'EST EUX. C'EST LES MOWLAUSSES, KÉPÂBÊT. ILS SONT DÉJÀ SUR MES TRACES.

REGARDE, KÉPÂBÈT, UN BUS !
J'avais repéré le hiéroglyphe à l'avant du bus. Je savais qu'il allait me mener là où il fallait : à l'aéroport...
AIRPORT BUS
Londres, c'était la ville où je devais me rendre...
MARSHALL ST. SOHO LONDON
TOKYO
MARSHALL ST SOHO LONDON
BARCELONA

Je n'avais pas réalisé qu'une fois dans la valise...
... je me retrouverais dans le noir complet...
BOUM
PAM
KRRRRRR
POUM
MARSHALL ST SOHO LONDON
ZZZZZZZ
La valise avait été transférée dans la soute de l'avion, sans que personne ne nous repère. Mais quelles sensations bizarres et quel boucan jusqu'à l'atterrissage !
AU VOLEUR !!! MA VALISE ! ELLE EST VIDE ! QUI A FAIT ÇA ?!

LITTER
ON VA ATTENDRE LA NUIT, C'EST PLUS PRUDENT.
Je me sentais dans mon élément dans ce musée. Tout m'était familier.
JE T'ATTENDAIS, PRINCESSE TÂVUTATÈT.

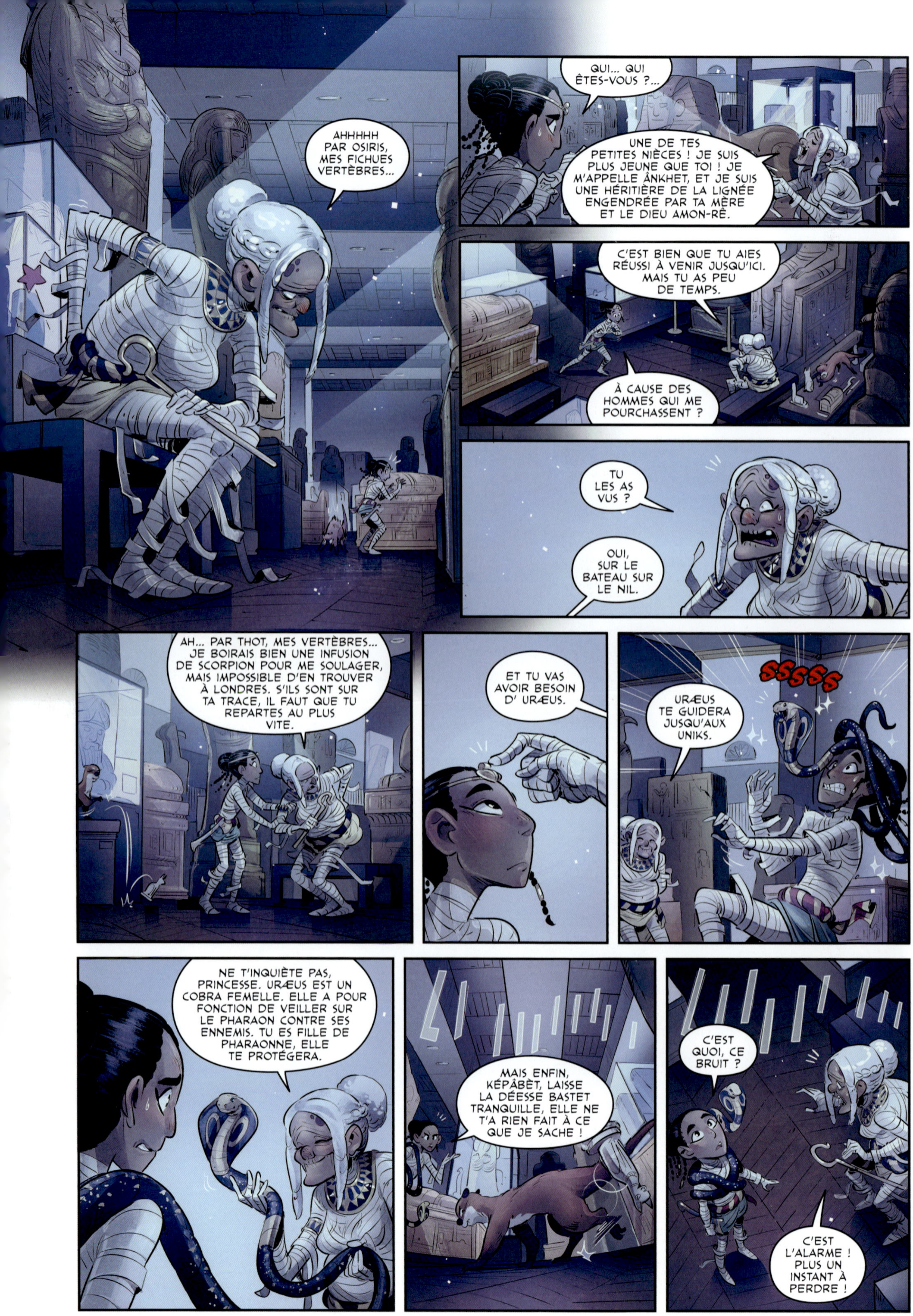
AHHHHH PAR OSIRIS, MES FICHUES VERTÈBRES...
QUI... QUI ÊTES-VOUS ?...
UNE DE TES PETITES NIÈCES ! JE SUIS PLUS JEUNE QUE TOI ! JE M'APPELLE ÂNKHET, ET JE SUIS UNE HÉRITIÈRE DE LA LIGNÉE ENGENDRÉE PAR TA MÈRE ET LE DIEU AMON-RÊ.
C'EST BIEN QUE TU AIES RÉUSSI À VENIR JUSQU'ICI. MAIS TU AS PEU DE TEMPS.
À CAUSE DES HOMMES QUI ME POURCHASSENT ?
TU LES AS VUS ?
OUI, SUR LE BATEAU SUR LE NIL.
AH... PAR THOT, MES VERTÈBRES... JE BOIRAIS BIEN UNE INFUSION DE SCORPION POUR ME SOULAGER, MAIS IMPOSSIBLE D'EN TROUVER À LONDRES. S'ILS SONT SUR TA TRACE, IL FAUT QUE TU REPARTES AU PLUS VITE.
ET TU VAS AVOIR BESOIN D' URÆUS.
SSSSS
URÆUS TE GUIDERA JUSQU'AUX UNIKS.
NE T'INQUIÈTE PAS, PRINCESSE. URÆUS EST UN COBRA FEMELLE. ELLE A POUR FONCTION DE VEILLER SUR LE PHARAON CONTRE SES ENNEMIS. TU ES FILLE DE PHARAONNE, ELLE TE PROTÉGERA.
MAIS ENFIN, KÉPÂBÈT, LAISSE LA DÉESSE BASTET TRANQUILLE, ELLE NE T'A RIEN FAIT À CE QUE JE SACHE !
C'EST QUOI, CE BRUIT ?
C'EST L'ALARME ! PLUS UN INSTANT À PERDRE !

VITE ! SAUVE-TOI !
GLISSE-TOI DANS LES CANALISATIONS EN HAUT DU MUR !
ÂNKHET, COMMENT AS-TU SU QUE J'ARRIVAIS AU MUSÉE ?
PARS ! LES GARDES ARRIVENT !
SSSHHHH
HIIIINNNNN
ALORS URÆUS, TU SAIS OÙ JE DOIS ALLER ?
Uræus communiquait par télépathie dans un langage mystérieux que je n'avais jamais entendu, mais que je connaissais.
SEAN'S PUB
*
* SUIVEZ-MOI.
BAR 1899
PROMIS, J'ARRÊTE DE BOIRE.
C'EST DÉJÀ HALLOWEEN, WATSON ?
OUAF
*
* ON EST ARRIVÉS À LA GARE.

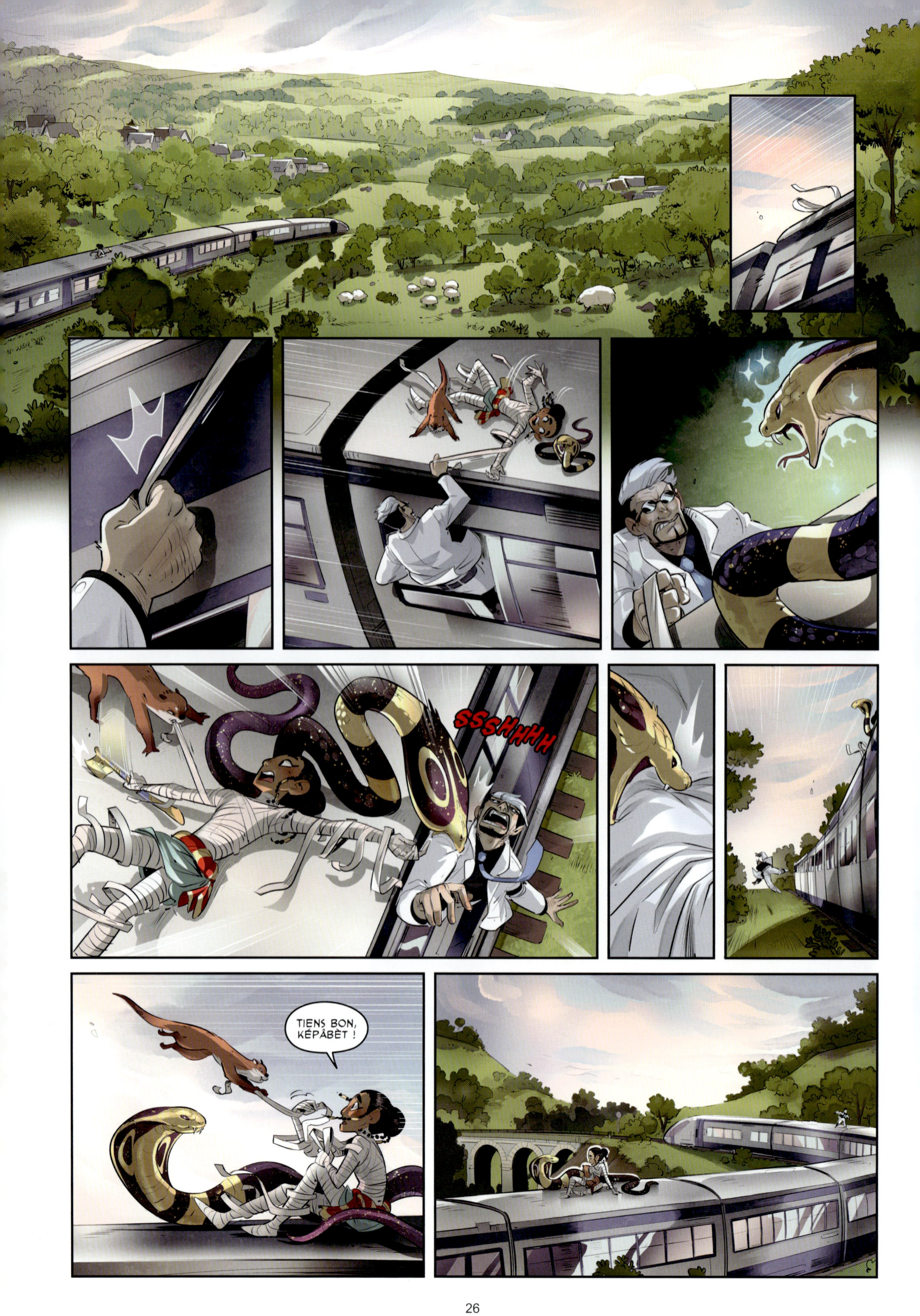
SSSHHHH
TIENS BON, KÉPÂBÈT !

*ON CONTINUE À PIED. C'EST PAR LÀ. SI TU PERMETS, TÂVUTATÈT, JE RÉINTÈGRE MON REFUGE.
Ce pays n'avait besoin d'aucun canal d'irrigation pour nourrir la terre d'eau. Leurs vaches et leurs moutons me paraissaient presque trop gras.
Je me souvenais, pendant les grosses chaleurs en Égypte, les bergers emmenaient nos bœufs se baigner dans les eaux du Nil. Ils écartaient les crocodiles grâce à des formules magiques.
MAIS C'EST GLACÉ !
* ON Y EST ! SUIVEZ-MOI !

Nous approchions du but et mon excitation augmentait de coup de hache en coup de hache. J'allais enfin rencontrer ceux que ma mère appelait "mes semblables".
Je n'avais qu'une hâte : savoir à quoi les Uniks ressemblaient.
ALERTE ! INVASION ! ALERTE ! SAISISSEZ-VOUS DES INTRUS !
JE SUIS URÆUS, PROTECTEUR DES PHARAONS ET JE GUIDE VERS VOUS LA PRINCESSE TÂVUTATÈT, FILLE DE PHARAONNE.
AÏIIIIIIIEUH
DRAGONO, TU FERAIS MIEUX D'ESSAYER DE RALLUMER LE FEU AU LIEU D'ATTAQUER NOS INVITÉS.
BIENVENUE PARMI NOUS, PRINCESSE TÂVUTATÈT. JE M'APPELLE BIANCA.

SAIS-TU AU MOINS D'OÙ TU VIENS ?
NOUS ACCUEILLONS CE JOUR UNE NOUVELLE MEMBRE À NOTRE COMMUNAUTÉ ÉCLAIRÉE.
QUELLE MAGNIFIQUE CHEVELURE !
ELLE EST TROP MIGNONNE ! ELLE ME RAPPELLE MA GRAND-MÈRE, J'AI DES ORIGINES ORIENTALES MOI-MÊME...
AH ÇA OUI, JULES, JE SUIS D'ACCORD, VÉRITABLEMENT TRÈS JOLIE !

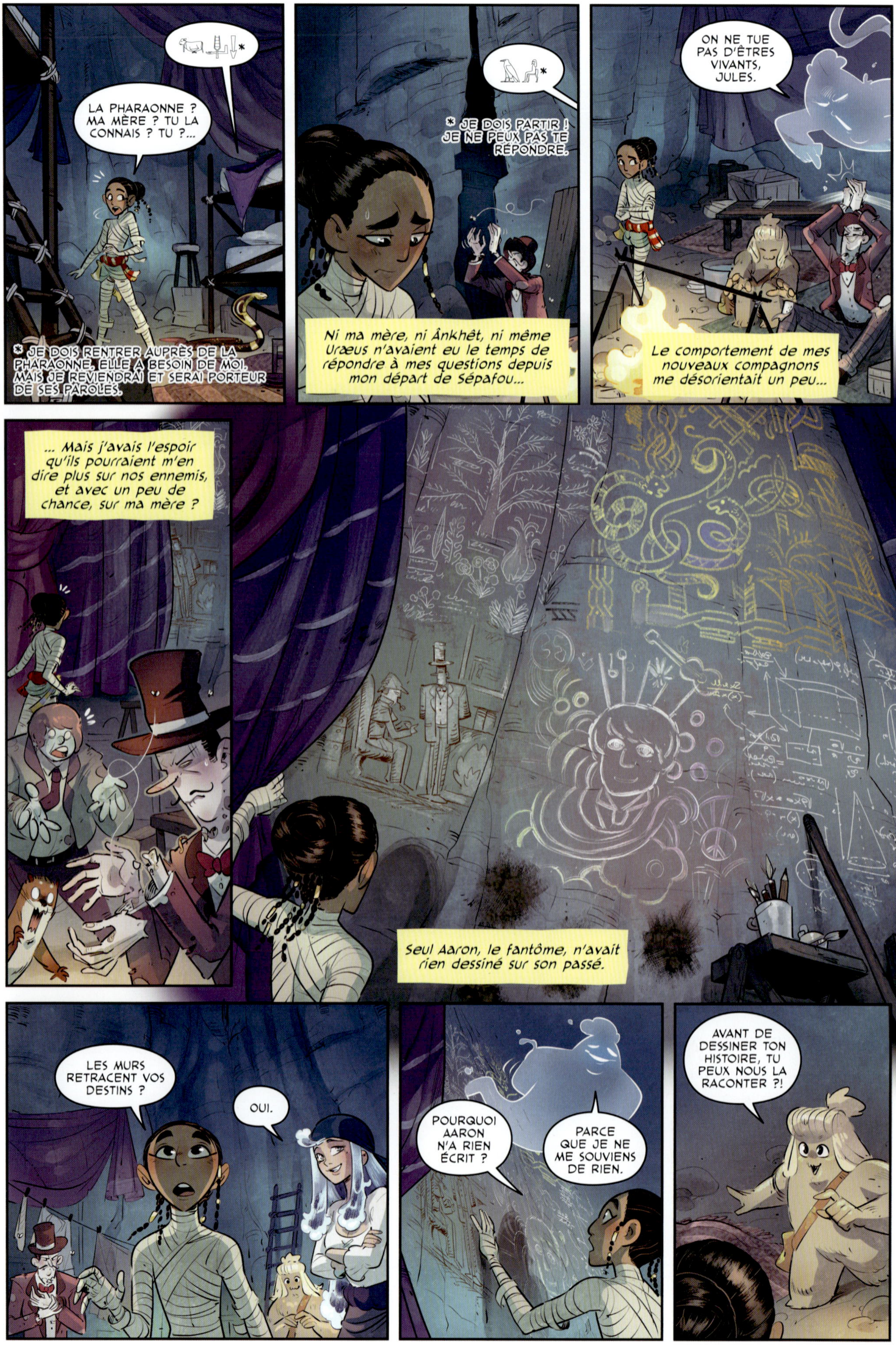
LA PHARAONNE ? MA MÈRE ? TU LA CONNAIS ? TU ?...
* JE DOIS RENTRER AUPRÈS DE LA PHARAONNE. ELLE A BESOIN DE MOI. MAIS JE REVIENDRAI ET SERAI PORTEUR DE SES PAROLES.
* JE DOIS PARTIR ! JE NE PEUX PAS TE RÉPONDRE.
Ni ma mère, ni Ânkhêt, ni même Uræus n'avaient eu le temps de répondre à mes questions depuis mon départ de Sépafou...
ON NE TUE PAS D'ÊTRES VIVANTS, JULES.
Le comportement de mes nouveaux compagnons me désorientait un peu...
... Mais j'avais l'espoir qu'ils pourraient m'en dire plus sur nos ennemis, et avec un peu de chance, sur ma mère ?
Seul Aaron, le fantôme, n'avait rien dessiné sur son passé.
LES MURS RETRACENT VOS DESTINS ?
OUI.
POURQUOI AARON N'A RIEN ÉCRIT ?
PARCE QUE JE NE ME SOUVIENS DE RIEN.
AVANT DE DESSINER TON HISTOIRE, TU PEUX NOUS LA RACONTER ?!

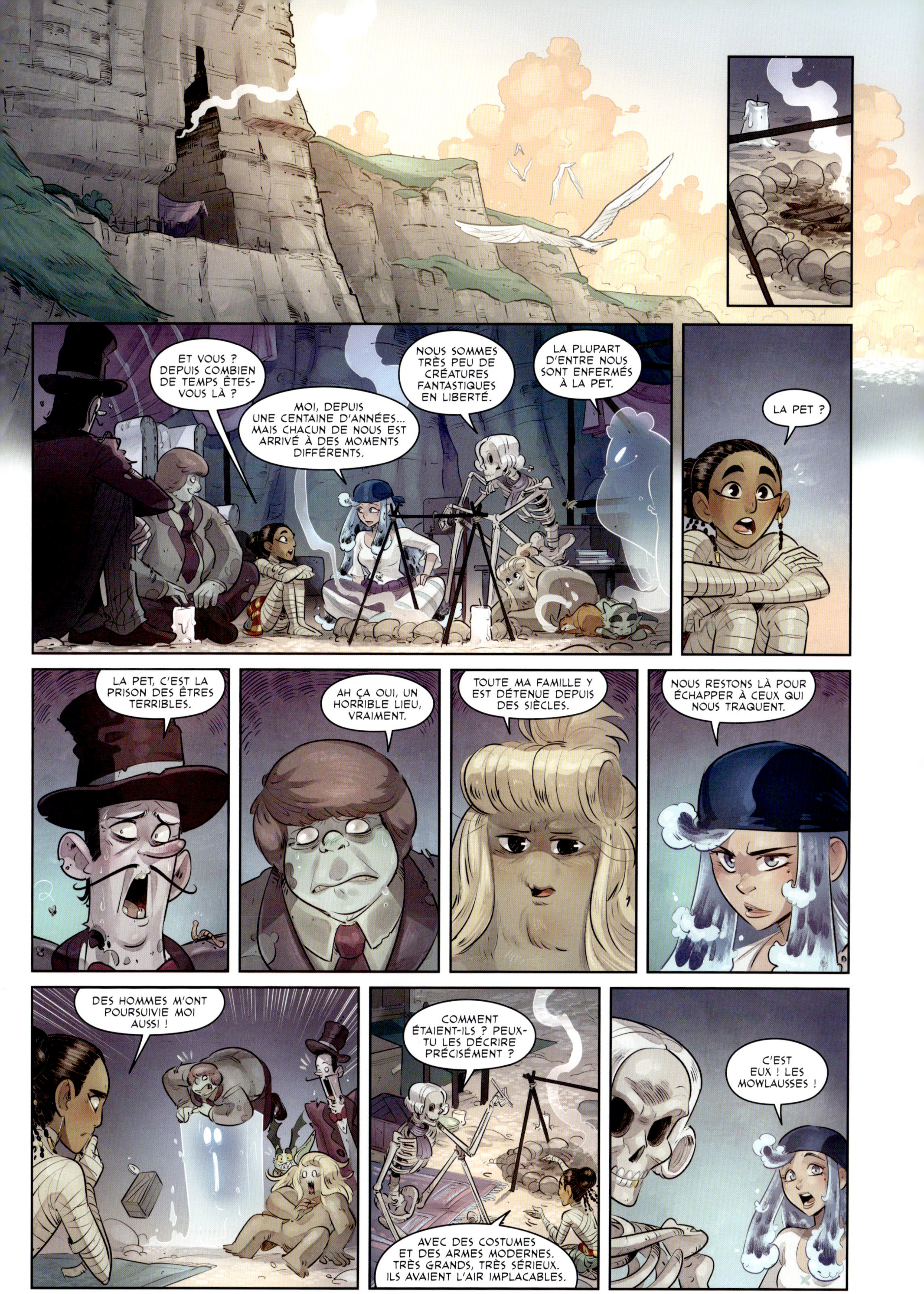
ET VOUS ? DEPUIS COMBIEN DE TEMPS ÊTES-VOUS LÀ ?
MOI, DEPUIS UNE CENTAINE D'ANNÉES... MAIS CHACUN DE NOUS EST ARRIVÉ À DES MOMENTS DIFFÉRENTS.
NOUS SOMMES TRÈS PEU DE CRÉATURES FANTASTIQUES EN LIBERTÉ.
LA PLUPART D'ENTRE NOUS SONT ENFERMÉS À LA PET.
LA PET ?
LA PET, C'EST LA PRISON DES ÊTRES TERRIBLES.
AH ÇA OUI, UN HORRIBLE LIEU, VRAIMENT.
TOUTE MA FAMILLE Y EST DÉTENUE DEPUIS DES SIÈCLES.
NOUS RESTONS LÀ POUR ÉCHAPPER À CEUX QUI NOUS TRAQUENT.
DES HOMMES M'ONT POURSUIVIE MOI AUSSI !
COMMENT ÉTAIENT-ILS ? PEUX-TU LES DÉCRIRE PRÉCISÉMENT ?
AVEC DES COSTUMES ET DES ARMES MODERNES. TRÈS GRANDS, TRÈS SÉRIEUX. ILS AVAIENT L'AIR IMPLACABLES.
C'EST EUX ! LES MOWLAUSSES !

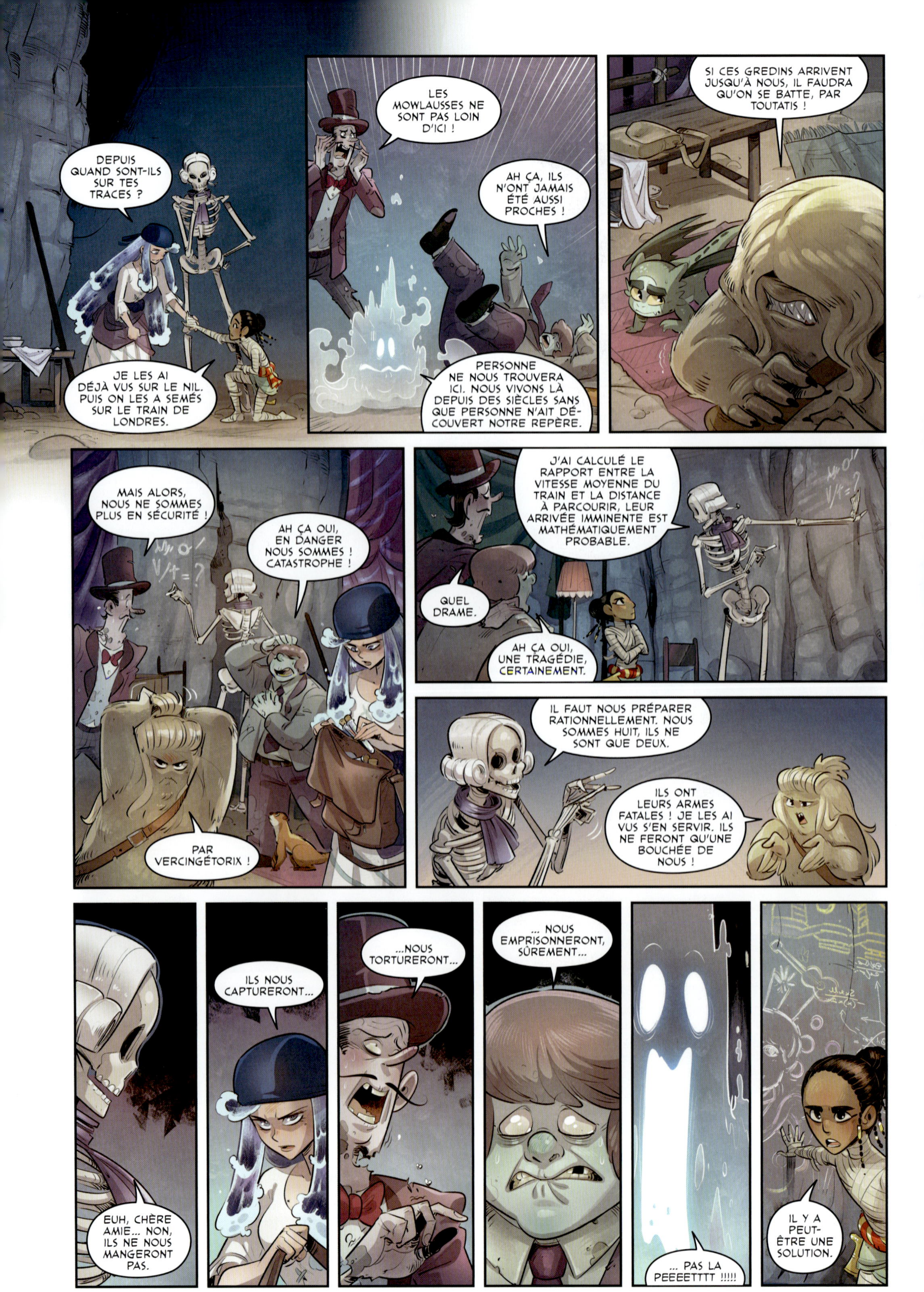
DEPUIS QUAND SONT-ILS SUR TES TRACES ?
JE LES AI DÉJÀ VUS SUR LE NIL. PUIS ON LES A SEMÉS SUR LE TRAIN DE LONDRES.
LES MOWLAUSSES NE SONT PAS LOIN D'ICI !
AH ÇA, ILS N'ONT JAMAIS ÉTÉ AUSSI PROCHES !
PERSONNE NE NOUS TROUVERA ICI. NOUS VIVONS LÀ DEPUIS DES SIÈCLES SANS QUE PERSONNE N'AIT DÉCOUVERT NOTRE REPÈRE.
SI CES GREDINS ARRIVENT JUSQU'À NOUS, IL FAUDRA QU'ON SE BATTE, PAR TOUTATIS !
MAIS ALORS, NOUS NE SOMMES PLUS EN SÉCURITÉ !
AH ÇA OUI, EN DANGER NOUS SOMMES ! CATASTROPHE !
PAR VERCINGÉTORIX !
J'AI CALCULÉ LE RAPPORT ENTRE LA VITESSE MOYENNE DU TRAIN ET LA DISTANCE À PARCOURIR, LEUR ARRIVÉE IMMINENTE EST MATHÉMATIQUEMENT PROBABLE.
QUEL DRAME.
AH ÇA OUI, UNE TRAGÉDIE, CERTAINEMENT.
IL FAUT NOUS PRÉPARER RATIONNELLEMENT. NOUS SOMMES HUIT, ILS NE SONT QUE DEUX.
ILS ONT LEURS ARMES FATALES ! JE LES AI VUS S'EN SERVIR. ILS NE FERONT QU'UNE BOUCHÉE DE NOUS !
EUH, CHÈRE AMIE... NON, ILS NE NOUS MANGERONT PAS.
ILS NOUS CAPTURERONT...
...NOUS TORTURERONT...
... NOUS EMPRISONNERONT, SÛREMENT...
... PAS LA PEEEETTTT !!!!!
IL Y A PEUT-ÊTRE UNE SOLUTION.

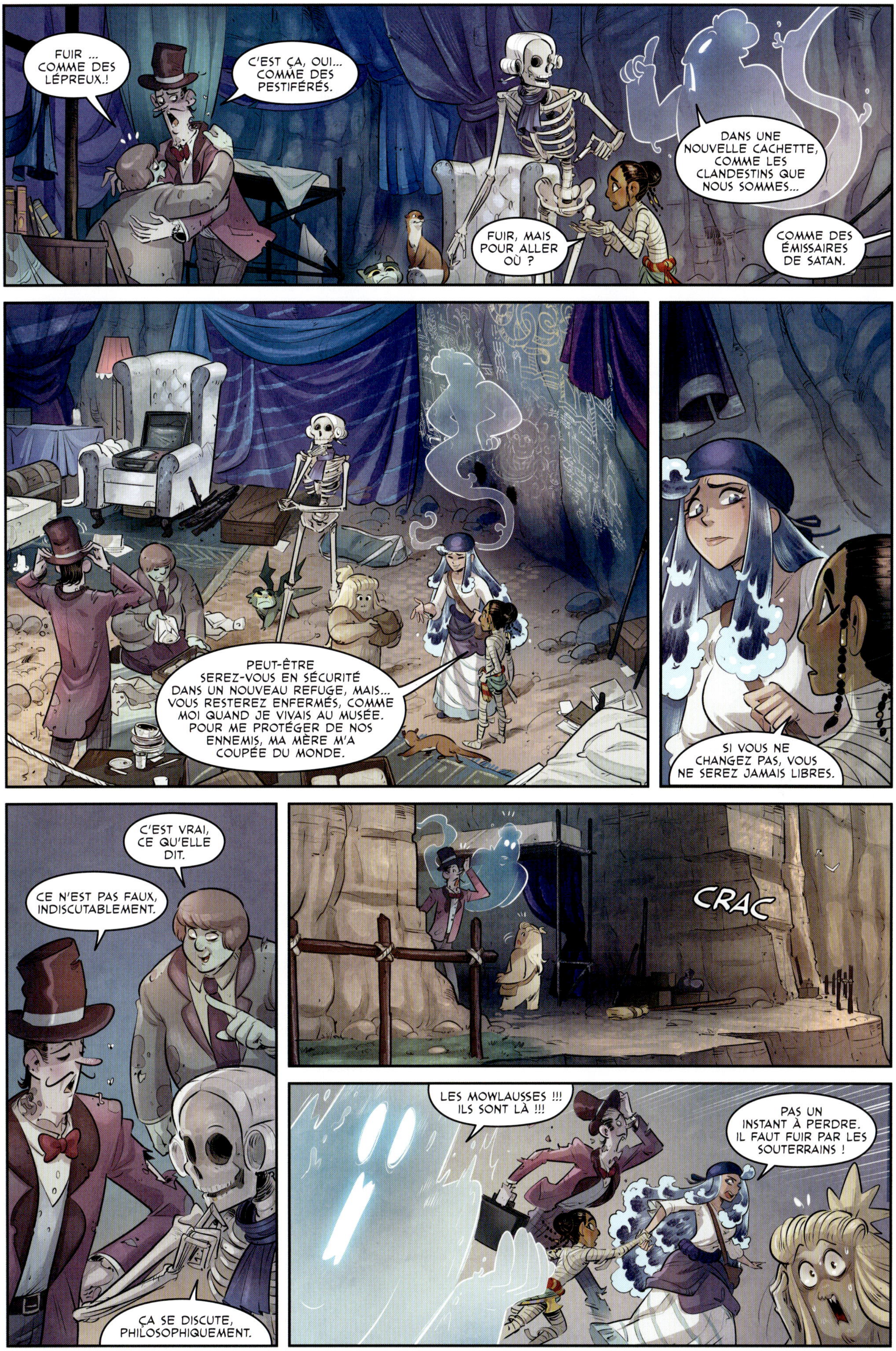

FUIR ... COMME DES LÉPREUX.!
C'EST ÇA, OUI... COMME DES PESTIFÉRÉS.
DANS UNE NOUVELLE CACHETTE, COMME LES CLANDESTINS QUE NOUS SOMMES...
FUIR, MAIS POUR ALLER OÙ ?
COMME DES ÉMISSAIRES DE SATAN.
PEUT-ÊTRE SEREZ-VOUS EN SÉCURITÉ DANS UN NOUVEAU REFUGE, MAIS... VOUS RESTEREZ ENFERMÉS, COMME MOI QUAND JE VIVAIS AU MUSÉE. POUR ME PROTÉGER DE NOS ENNEMIS, MA MÈRE M'A COUPÉE DU MONDE.
SI VOUS NE CHANGEZ PAS, VOUS NE SEREZ JAMAIS LIBRES.
C'EST VRAI, CE QU'ELLE DIT.
CE N'EST PAS FAUX, INDISCUTABLEMENT.
ÇA SE DISCUTE, PHILOSOPHIQUEMENT.
CRAC
LES MOWLAUSSES !!! ILS SONT LÀ !!!
PAS UN INSTANT À PERDRE. IL FAUT FUIR PAR LES SOUTERRAINS !

AARON, À TOI DE JOUER !
Aaron camoufla l'entrée du passage secret avec un système astucieux.
Mes amis avaient donc un plan de repli en cas d'attaque. Ils semblaient organisés.
Je ne savais pas où nous allions. Nous avancions en silence, au plus vite, pour mettre le plus de distance possible entre nous et nos poursuivants.
MONTRE-MOI TON PAPYRUS, PRINCESSE !
Je compris à ce moment-là qu'ils n'avaient pas plus d'idée que moi de l'endroit où se réfugier. Ils n'avaient rien prévu une fois sortis du souterrain.
HUM, JE NE SAIS PAS LIRE LES HIÉROGLYPHES. MAIS LÀ, JE RECONNAIS NOTRE FALAISE. LÀ, C'EST LA FORÊT ET LÀ, IL Y A UNE RIVIÈRE,
JE RECONNAIS CE SIGNE ! C'EST UNE PLANQUE ET CE N'EST PAS LOIN !

SUIVEZ-MOI ! JE SAIS COMMENT Y ALLER.
Les grands arbres aux troncs épais et aux feuilles vertes ne ressemblaient ni aux palmiers, ni aux dattiers, ni aux figuiers des bords du Nil.
QUEL DRÔLE DE SINGE !
Les espèces que je découvrais dans cette forêt m'intriguaient. J'avais envie d'en attraper un et d'essayer de l'élever. En Égypte, j'avais dressé deux babouins à la cueillette des figues.
ON DOIT CONSTRUIRE UN RADEAU POUR SE RENDRE SUR L'ÎLE.
CE SONT DES ROSEAUX.
IL Y A DE L'AIR DANS LA TIGE, ÇA DEVRAIT FLOTTER.
J'avais appris à construire des bateaux avec des tiges de papyrus. Il me semblait possible d'utiliser ces plantes de la même manière.
ON DIRAIT UNE MEULE DE FOIN FLOTTANTE.
JE DIRAIS MÊME PLUS : UN NID D'OISEAU FLOTTANT.

ON VA OÙ ?
PLEIN OUEST. DANS UN REPAIRE QUI NOUS EST DESTINÉ.
LÀ-BAS, ILS NE NOUS TROUVERONT PAS.
... SUR L'ÎLE DU TEMPS.

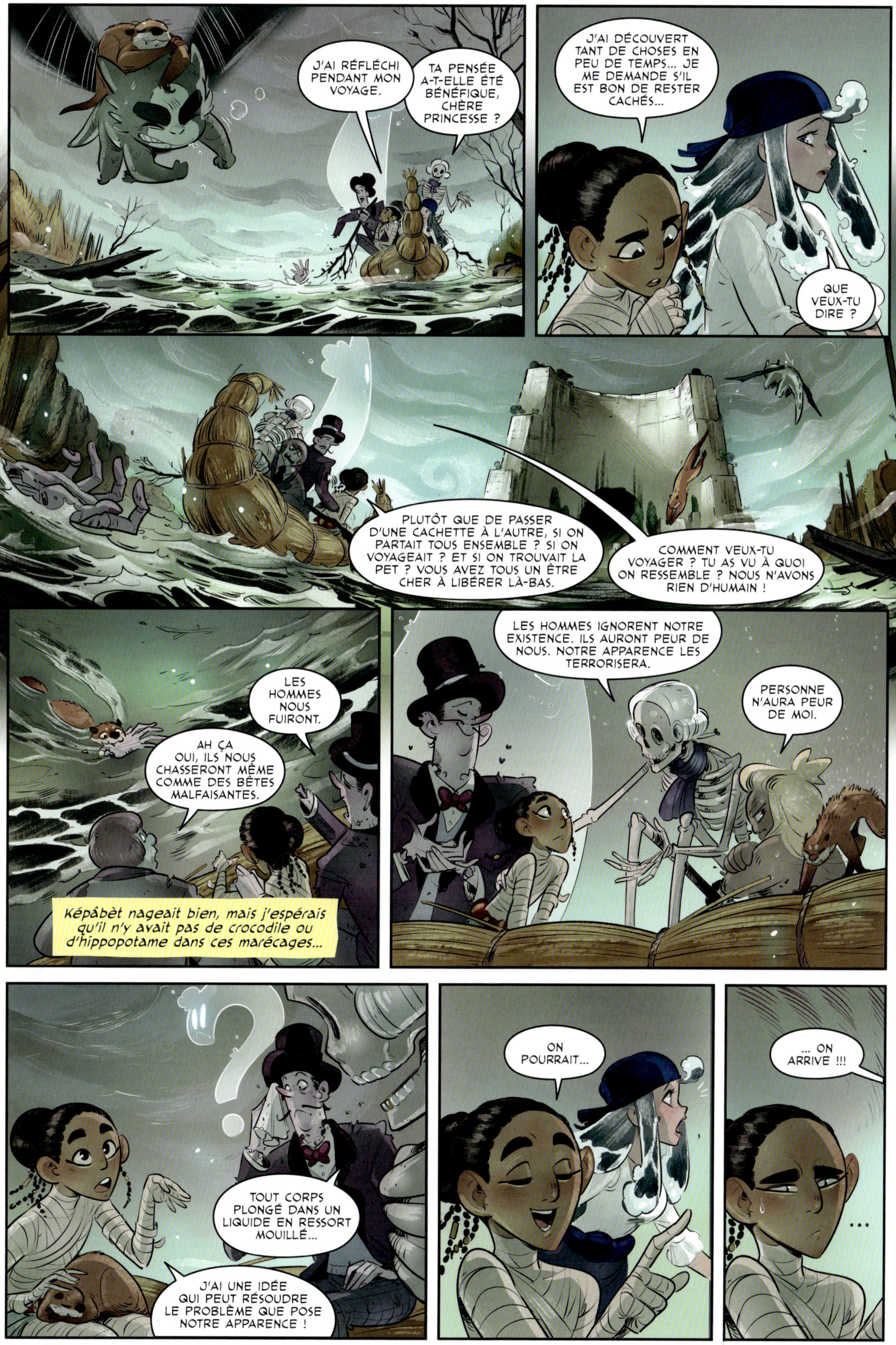
J'AI RÉFLÉCHI PENDANT MON VOYAGE.
TA PENSÉE A-T-ELLE ÉTÉ BÉNÉFIQUE, CHÈRE PRINCESSE ?
J'AI DÉCOUVERT TANT DE CHOSES EN PEU DE TEMPS... JE ME DEMANDE S'IL EST BON DE RESTER CACHÉS...
QUE VEUX-TU DIRE ?
PLUTÔT QUE DE PASSER D'UNE CACHETTE À L'AUTRE, SI ON PARTAIT TOUS ENSEMBLE ? SI ON VOYAGEAIT ? ET SI ON TROUVAIT LA PET ? VOUS AVEZ TOUS UN ÊTRE CHER À LIBÉRER LÀ-BAS.
COMMENT VEUX-TU VOYAGER ? TU AS VU À QUOI ON RESSEMBLE ? NOUS N'AVONS RIEN D'HUMAIN !
LES HOMMES NOUS FUIRONT.
AH ÇA OUI, ILS NOUS CHASSERONT MÊME COMME DES BÊTES MALFAISANTES.
Képâbèt nageait bien, mais j'espérais qu'il n'y avait pas de crocodile ou d'hippopotame dans ces marécages...
LES HOMMES IGNORENT NOTRE EXISTENCE. ILS AURONT PEUR DE NOUS. NOTRE APPARENCE LES TERRORISERA.
PERSONNE N'AURA PEUR DE MOI.
TOUT CORPS PLONGÉ DANS UN LIQUIDE EN RESSORT MOUILLÉ...
J'AI UNE IDÉE QUI PEUT RÉSOUDRE LE PROBLÈME QUE POSE NOTRE APPARENCE !
ON POURRAIT...
... ON ARRIVE !!!
...

Une force irrésistible m'attirait vers cette immense porte de pierre, taillée dans la roche.
IL FAUT TROUVER COMMENT OUVRIR CETTE PORTE...
Ma mère avait construit un temple dédié au dieu Amon à Médinet Habou. Seuls les prêtres connaissaient le passage qui menait au sanctuaire.
AARON ! ESSAYE DE TRAVERSER LE MUR POUR NOUS OUVRIR DE L'INTÉRIEUR !
CHTONK
MAIS C'EST MAGIQUE ! JE NE PASSE PAS À TRAVERS LE MUR ! WAOUH, QUELLE SENSATION ! ME PRENDRE UN MUR, ÇA NE M'ÉTAIT PAS ARRIVÉ DEPUIS DES SIÈCLES !!
BUNK!
TÂVUTATÈT, ÇA VA ?
JE RÉFLÉCHIS. JE SAIS QUE LA SOLUTION EST SOUS NOS YEUX. CETTE PORTE ME RAPPELLE L'ENTRÉE AU TEMPLE DU DIEU AMON, ÉDIFIÉ PAR MA MÈRE.
L'HOMME EST LE SEUL DES ANIMAUX À CROIRE À DES DIEUX.
PLUTÔT QUE DE FAIRE DES THÉORIES, TU DEVRAIS AIDER LA PRINCESSE À TROUVER LA MANIÈRE D'ENTRER.

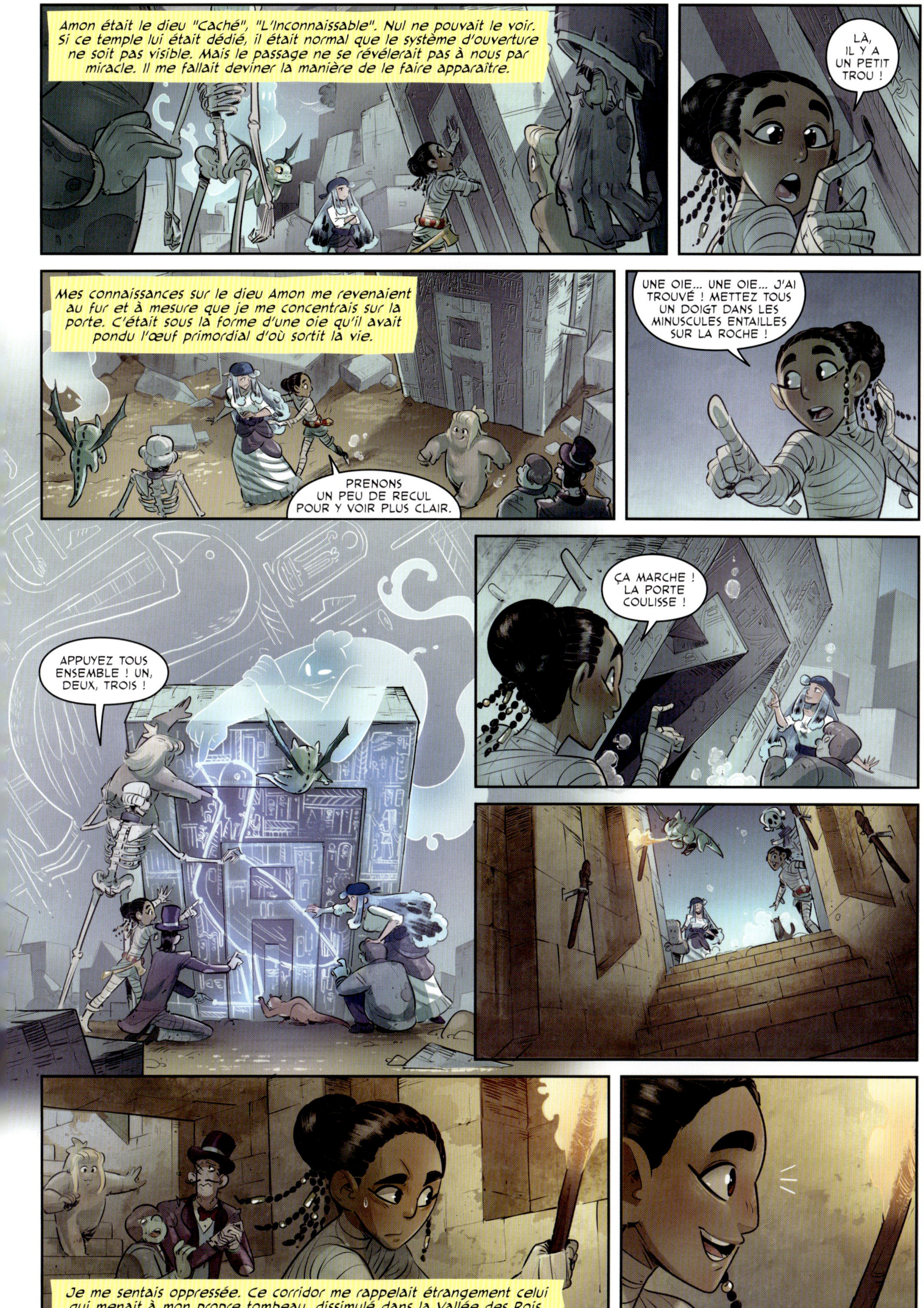

Amon était le dieu "Caché", "L'Inconnaissable". Nul ne pouvait le voir. Si ce temple lui était dédié, il était normal que le système d'ouverture ne soit pas visible. Mais le passage ne se révélerait pas à nous par miracle. Il me fallait deviner la manière de le faire apparaître.
LÀ, IL Y A UN PETIT TROU !
Mes connaissances sur le dieu Amon me revenaient au fur et à mesure que je me concentrais sur la porte. C'était sous la forme d'une oie qu'il avait pondu l'œuf primordial d'où sortit la vie.
PRENONS UN PEU DE RECUL POUR Y VOIR PLUS CLAIR.
UNE OIE... UNE OIE... J'AI TROUVÉ ! METTEZ TOUS UN DOIGT DANS LES MINUSCULES ENTAILLES SUR LA ROCHE !
APPUYEZ TOUS ENSEMBLE ! UN, DEUX, TROIS !
ÇA MARCHE ! LA PORTE COULISSE !
Je me sentais oppressée. Ce corridor me rappelait étrangement celui qui menait à mon propre tombeau, dissimulé dans la Vallée des Rois.

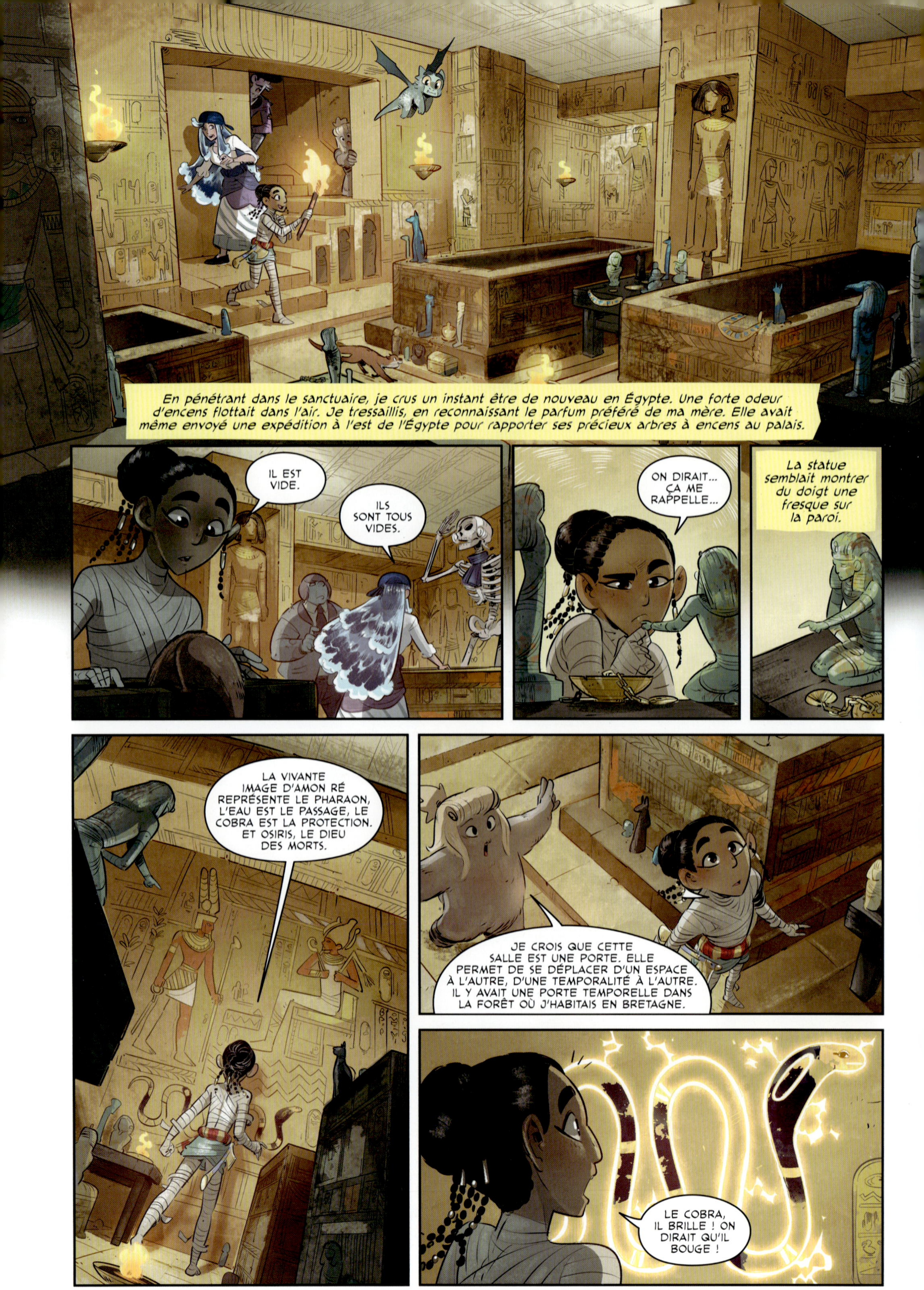
En pénétrant dans le sanctuaire, je crus un instant être de nouveau en Égypte. Une forte odeur d'encens flottait dans l'air. Je tressaillis, en reconnaissant le parfum préféré de ma mère. Elle avait même envoyé une expédition à l'est de l'Égypte pour rapporter ses précieux arbres à encens au palais.
IL EST VIDE.
ILS SONT TOUS VIDES.
ON DIRAIT... ÇA ME RAPPELLE...
La statue semblait montrer du doigt une fresque sur la paroi.
LA VIVANTE IMAGE D'AMON RÉ REPRÉSENTE LE PHARAON, L'EAU EST LE PASSAGE, LE COBRA EST LA PROTECTION. ET OSIRIS, LE DIEU DES MORTS.
JE CROIS QUE CETTE SALLE EST UNE PORTE. ELLE PERMET DE SE DÉPLACER D'UN ESPACE À L'AUTRE, D'UNE TEMPORALITÉ À L'AUTRE. IL Y AVAIT UNE PORTE TEMPORELLE DANS LA FORÊT OÙ J'HABITAIS EN BRETAGNE.
LE COBRA, IL BRILLE ! ON DIRAIT QU'IL BOUGE !

*ELLE N'EST PAS LÀ.
Je découvris qu'Uræus pouvait aussi s'exprimer à haute voix quand c'était nécessaire.
QUI ?
TA MÈRE, MA REINE, LA PHARAONNE HAPCHESOUT. ELLE AURAIT DÛ ARRIVER AVANT MOI. CE N'EST PAS NORMAL.
CE N'EST PAS BON SIGNE.
QUELQU'UN A INTERCEPTÉ SON VOYAGE.
OUI, QUELQU'UN L'A EMPÊCHÉE DE VENIR JUSQU'À NOUS.
LES MOWLAUSSES !!
NE BOUGEZ PAS D'ICI TANT QUE JE NE SUIS PAS REVENU.
J'avais une boule dans la gorge. Un mauvais pressentiment me tenaillait. Et malgré la qualité du travail des embaumeurs, une fois encore, mes entrailles faisaient des leurs.
BIANCA, CONNAISSAIS-TU MA MÈRE ?
NOUS NE L'AVONS JAMAIS RENCONTRÉE, MAIS NOUS SAVONS QU'ELLE DIRIGE LES CLANS DES ÊTRES FANTASTIQUES CLANDESTINS.
ELLE SAIT OÙ CHACUN DE NOUS SE TROUVE ET N'INTERVIENT QU'EN CAS DE PROBLÈME ET DE CHANGEMENT.

JE ME DEMANDAIS COMMENT ELLE SE DÉBROUILLAIT POUR COMMUNIQUER AVEC TOUS LES CLANS. MAINTENANT, J'AI COMPRIS. IL EXISTE SANS DOUTE DES PASSAGES COMME CELUI-CI PARTOUT DANS LE MONDE. ELLE S'EN SERT EN CAS DE BESOIN.
MAIS COMBIEN DE CLANS EXISTE-T-IL ?
AUCUNE IDÉE. NOUS NE SOMMES PAS UN CLAN NORMAL PARCE QUE NOTRE GROUPE DES UNIKS RÉUNIT DES ÊTRES DE DIFFÉRENTES NATURES.
MAIS QU'EST-CE QUE LA NORMALITÉ ? ...
POURQUOI MA MÈRE M'A-T-ELLE ENVOYÉE JUSQU'À VOUS ? S'IL EXISTE D'AUTRES CLANS DE MOMIES? DE GENS DE MON ESPÈCE ?
JE N'AI PAS LA RÉPONSE, TÂVUTATÈT. MAIS JE SAIS QUE TA MÈRE NOUS FAIT AUTANT CONFIANCE QU'À CEUX DE SON ESPÈCE.
QUELLE IDÉE TU VOULAIS NOUS PROPOSER SUR LA BARQUE AU FAIT?
ON POURRAIT MONTER UNE TROUPE DE SPECTACLE. ON TOURNERA DANS LE MONDE ENTIER, INCOGNITO. NOTRE APPARENCE EFFRAYANTE SERA NOTRE MEILLEUR CAMOUFLAGE. ON LA FERA PASSER POUR UN COSTUME DE SCÈNE.
NOS ENNEMIS PENSENT QUE NOUS NOUS CACHONS, TERRORISÉS. ILS N'IMAGINERONT PAS QUE NOUS FAISONS LE TOUR DU MONDE, AUX YEUX ET AUX VUES DE TOUS.
ET QUAND ILS RÉALISERONT QUE NOUS NE SOMMES PLUS ICI, NOUS SERONS DÉJÀ LOIN !
C'EST VRAI, CE QU'ELLE DIT.
CE N'EST PAS FAUX, EFFECTIVEMENT.
SSSSSS

LA PHARAONNE HATCHEPSOUT S'EST FAIT ARRÊTER PAR LES MOWLAUSSES À SON RETOUR DE SÉPAFOU. ILS L'ONT EMPRISONNÉE À LA PET.
IL FAUT LA DÉLIVRER !
TA MÈRE CENTRALISAIT LES LIENS ENTRE LES CLANS. SANS ELLE, TOUT VA ÊTRE PLUS COMPLIQUÉ.
MAIS TU CONNAIS LES DIFFÉRENTES PLANQUES DES CLANS, TOI AUSSI URÆUS ?
OUI.
ALORS, NOUS N'AVONS PAS UN INSTANT À PERDRE...
... VOILÀ CE QUE NOUS ALLONS FAIRE.

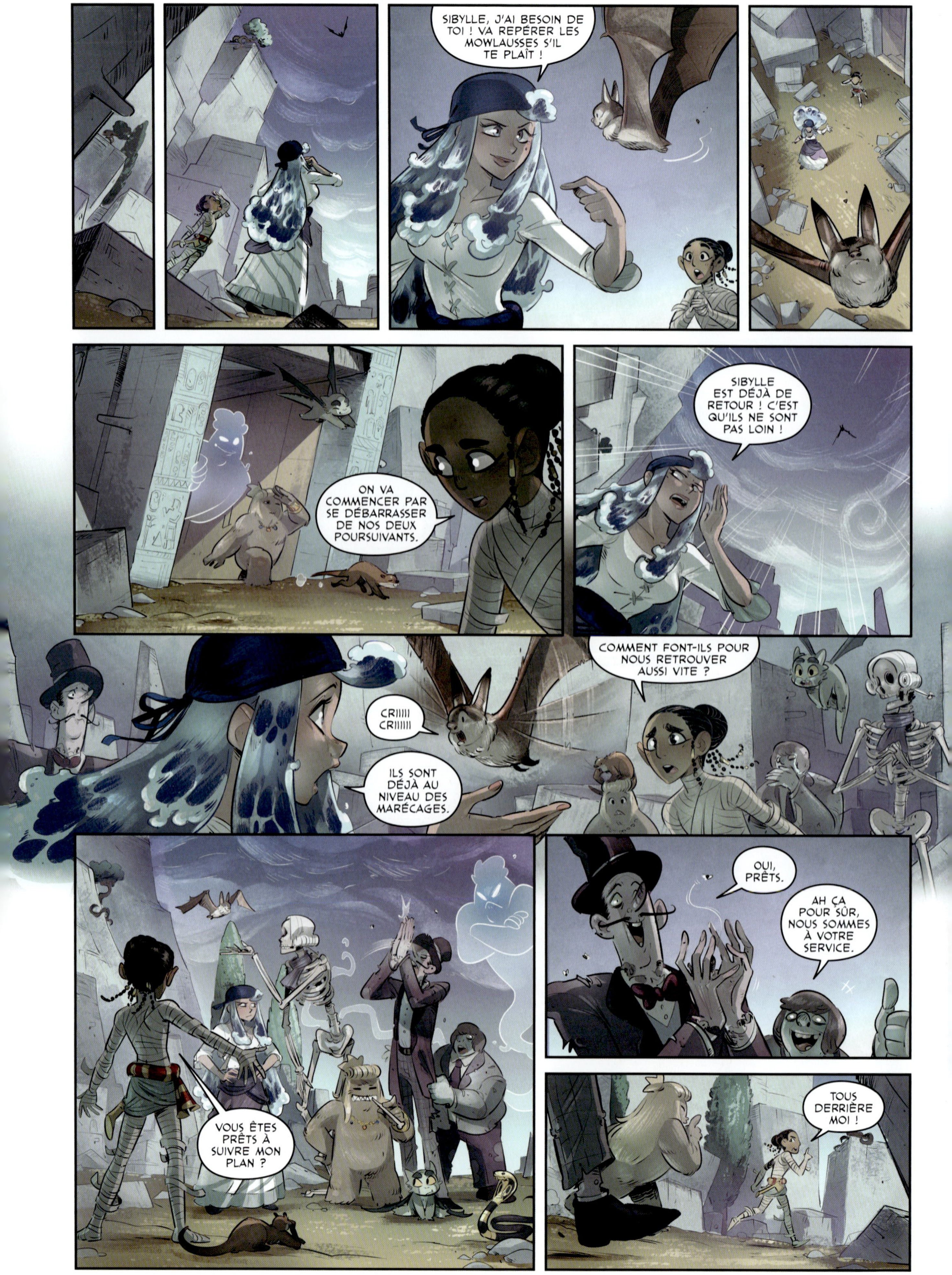
SIBYLLE, J'AI BESOIN DE TOI ! VA REPÉRER LES MOWLAUSSES S'IL TE PLAÎT !
ON VA COMMENCER PAR SE DÉBARRASSER DE NOS DEUX POURSUIVANTS.
SIBYLLE EST DÉJÀ DE RETOUR ! C'EST QU'ILS NE SONT PAS LOIN !
CRIIIII CRIIIIII
ILS SONT DÉJÀ AU NIVEAU DES MARÉCAGES.
COMMENT FONT-ILS POUR NOUS RETROUVER AUSSI VITE ?
VOUS ÊTES PRÊTS À SUIVRE MON PLAN ?
OUI, PRÊTS.
AH ÇA POUR SÛR, NOUS SOMMES À VOTRE SERVICE.
TOUS DERRIÈRE MOI !

CHUT ! PLUS UN BRUIT. CHACUN À SON POSTE.
BIEN JOUÉ ARCHIMÈDE. TU VOIS, C'ÉTAIT UTILE QUE TU RESTES À L'ARRIÈRE.

NON ! NE LE TUE PAS, URÆUS !
TRÈS BONNE PRISE, TON TIBIA, ARCHIMÈDE. TU AS VU ÇA, HOP, D'UN SEUL COUP, DANS LA NUQUE ! ET C'EST PLUS RÉSISTANT QU'UN BÂTON. ON S'EN SOUVIENDRA.
SI J'AVAIS SU QU'UN JOUR, MON ANATOMIE SERAIT APPRÉCIÉE EN TANT QU'ARME...
ET MAINTENANT, QU'EST-CE QU'ON FAIT ?
ON LES FOUILLE !
ILS ONT UNE COPIE DU PLAN QUE MA MÈRE M'A LAISSÉ !
C'EST POUR ÇA QU'ILS NOUS ONT TROUVÉ. CE N'EST PAS DU FLAIR...
IL N'Y A PLUS QU'UNE ARME, L'AUTRE EST TOMBÉE AU FOND DU MARAIS.

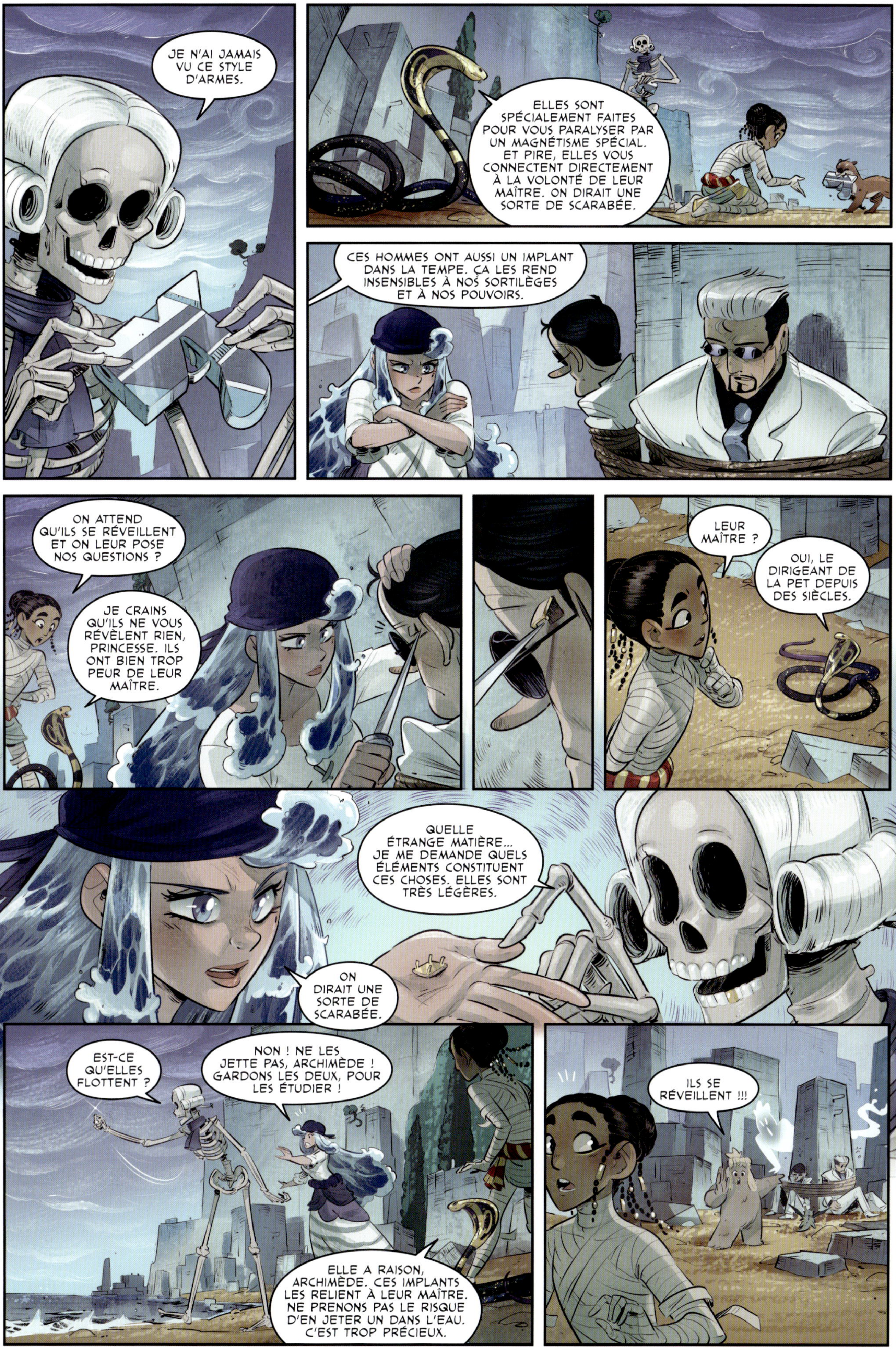
JE N'AI JAMAIS VU CE STYLE D'ARMES.
ELLES SONT SPÉCIALEMENT FAITES POUR VOUS PARALYSER PAR UN MAGNÉTISME SPÉCIAL. ET PIRE, ELLES VOUS CONNECTENT DIRECTEMENT À LA VOLONTÉ DE LEUR MAÎTRE. ON DIRAIT UNE SORTE DE SCARABÉE.
CES HOMMES ONT AUSSI UN IMPLANT DANS LA TEMPE. ÇA LES REND INSENSIBLES À NOS SORTILÈGES ET À NOS POUVOIRS.
ON ATTEND QU'ILS SE RÉVEILLENT ET ON LEUR POSE NOS QUESTIONS ?
JE CRAINS QU'ILS NE VOUS RÉVÈLENT RIEN, PRINCESSE. ILS ONT BIEN TROP PEUR DE LEUR MAÎTRE.
LEUR MAÎTRE ?
OUI, LE DIRIGEANT DE LA PET DEPUIS DES SIÈCLES.
QUELLE ÉTRANGE MATIÈRE... JE ME DEMANDE QUELS ÉLÉMENTS CONSTITUENT CES CHOSES. ELLES SONT TRÈS LÉGÈRES.
ON DIRAIT UNE SORTE DE SCARABÉE.
EST-CE QU'ELLES FLOTTENT ?
NON ! NE LES JETTE PAS, ARCHIMÈDE ! GARDONS LES DEUX, POUR LES ÉTUDIER !
ELLE A RAISON, ARCHIMÈDE. CES IMPLANTS LES RELIENT À LEUR MAÎTRE. NE PRENONS PAS LE RISQUE D'EN JETER UN DANS L'EAU. C'EST TROP PRÉCIEUX.
ILS SE RÉVEILLENT !!!

À QUI AVEZ-VOUS PRIS CE PLAN ?
OÙ EST LA PET ?
QUI EST VOTRE CHEF ? COMMENT S'APPELLE-T-IL ?
NOUS NE DIRONS RIEN.
NOTRE MAÎTRE NE VA PAS TARDER À VOUS CAPTURER.
ET IL N'AURA AUCUNE PITIÉ ! TOI, TU NE REVERRAS JAMAIS TA MÈRE !
VOUS CONNAISSEZ MA MÈRE ?! C'EST VOUS QUI L'AVEZ CAPTURÉE ? PARLEZ !